IMPRESO EN PAPEL ECOLÓGICO
(EXENTO DE CLORO)

EDGAR ALLAN POE

Los crímenes
de la calle Morgue

Alianza Editorial

Diseño de cubierta: Ángel Uriarte
Traducción de Julio Cortázar

> La canción que cantaban las sirenas, o el nombre que adoptó Aquiles cuando se escondió entre las mujeres, son cuestiones enigmáticas, pero que no se hallan más allá de toda conjetura.

Sir Thomas Browne

Las características de la inteligencia que suelen calificarse de analíticas son en sí mismas poco susceptibles de análisis. Sólo las apreciamos a través de sus resultados. Entre otras cosas sabemos que, para aquel que las posee en alto grado, son fuente del más vivo goce. Así como el hombre robusto se complace en su destreza física y se deleita con aquellos ejercicios que reclaman la acción de sus músculos, así el analista halla su placer en esa actividad del espíritu consistente en *desenredar*. Goza incluso con las ocupaciones más triviales, siempre que pongan en juego su talento. Le encantan los enigmas, los acertijos, los jeroglíficos, y al solucionarlos muestra un grado de perspicacia que, para la mente ordinaria, parece sobrenatural. Sus resultados, frutos del método en su forma más esencial y profunda, tienen todo el aire de una intuición. La facultad de re-solución se ve posiblemente muy vigorizada por el estudio de las matemáticas, y en especial por su rama más alta, que, injustamente y tan sólo a causa de sus operaciones retrógradas, se denomina análisis, como si se tratara del análisis *par excellence*. Calcular, sin embargo, no es en sí mismo analizar. Un jugador de ajedrez, por ejemplo, efectúa lo primero sin esforzarse en lo segundo. De ahí se sigue que el ajedrez, por lo que concierne a sus efectos sobre la naturaleza de la inteligencia, es apreciado erróneamente. No he de escribir aquí un tratado, sino que me limito a prologar un relato un tanto singular, con algunas observaciones pasajeras; aprovecharé por eso la oportunidad para afirmar que el máximo grado de la reflexión se ve puesto a prueba por el modesto juego de damas en forma más intensa y beneficiosa que por toda la estudiada frivolidad del ajedrez. En este último, donde las piezas tienen movimientos diferentes y singulares, con varios y variables valores, lo que sólo resulta complejo es equivocadamente confundido (error nada insólito) con lo profundo. Aquí se trata, sobre todo, de la *atención*. Si ésta cede un solo instante, se comete un descuido que da por resultado una pérdida o la derrota. Como los movimientos posibles no sólo son múltiples, sino intrincados, las posibilidades de descuido se multiplican y, en nueve casos de cada diez, triunfa el jugador concentrado y no el más penetrante. En las damas, por el contrario, donde hay un solo movimiento y la variaciones son mínimas, las probabilidades de inadvertencia disminuyen, lo cual deja un tanto de lado a la atención, y las ventajas obtenidas por cada uno de los adversarios provienen de una perspicacia superior.

Para hablar menos abstractamente, supongamos una partida de damas en la que las piezas se reducen a cuatro y donde, como es natural, no cabe esperar el menor descuido. Obvio resulta que (si los jugadores tienen fuerza pareja) sólo puede decidir la victoria algún movimiento sutil, resultado de un penetrante esfuerzo intelectual. Desprovisto de los recursos ordinarios, el analista penetra en el espíritu de su oponente, se identifica con él y con frecuencia alcanza a ver de una sola ojeada el único método (a veces absurdamente sencillo) por el cual puede provocar un error o precipitar a un falso cálculo.

Hace mucho que se ha reparado en el *whist* por su influencia sobre lo que da en llamarse la facultad del cálculo, y hombres del más excelso intelecto se han complacido en él de manera indescriptible, dejando de lado, por frívolo, al ajedrez. Sin duda alguna, nada existe en ese orden que ponga de tal modo a prueba la facultad analítica. El mejor ajedrecista de la cristiandad no puede ser otra cosa que el mejor ajedrecista, pero la eficiencia en el *whist* implica la capacidad para triunfar en todas aquellas empresas más importantes donde la mente se enfrenta con la mente. Cuando digo eficiencia, aludo a esa perfección en el juego que incluye la aprehensión de *todas* las posibilidades mediante las cuales se puede obtener legítima ventaja. Estas últimas no sólo son múltiples sino multiformes, y con frecuencia yacen en capas tan profundas del pensar que el entendimiento ordinario es incapaz de alcanzarlas. Observar con atención equivale a recordar con claridad; en ese sentido, el ajedrecista concentrado jugará bien al *whist,* en tanto que las reglas de Hoyle (basadas en el mero mecanismo del juego) son comprensibles de manera general y satisfactoria. Por tanto, el hecho de tener una memoria retentiva y guiarse por «el libro» son las condiciones que por regla general se consideran como la suma del buen jugar. Pero la habilidad del analista se manifiesta en cuestiones que exceden los límites de las meras reglas. Silencioso, procede a acumular cantidad de observaciones y deducciones. Quizá sus compañeros hacen lo mismo, y la mayor o menor proporción de informaciones así obtenidas no reside tanto en la validez de la deducción como en la calidad de la observación. Lo necesario consiste en saber *qué* se debe observar. Nuestro jugador no se encierra en sí mismo; ni tampoco, dado que su objetivo es el juego, rechaza deducciones procedentes de elementos externos a éste. Examina el semblante de su compañero, comparándolo cuidadosamente con el de cada uno de sus oponentes. Considera el modo con que cada uno ordena las cartas en su mano; a menudo cuenta las cartas ganadoras y las adicionales por la manera con que sus tenedores las contemplan. Advierte cada variación de fisonomía a medida que avanza el juego, reuniendo un capital de ideas nacidas de las diferencias de expresión correspondientes a la seguridad, la sorpresa, el triunfo o la contrariedad. Por la manera de levantar una baza juzga si la persona que la recoge será capaz de repetirla en el mismo palo. Reconoce la jugada fingida por la manera con que se arrojan las cartas sobre el tapete. Una palabra casual o descuidada, la caída o vuelta accidental de una carta, con la consiguiente ansiedad o negligencia en el acto de ocultarla, la cuenta de las bazas, con el orden de su disposición, el embarazo, la vacilación, el apuro o el temor... todo ello proporciona a su percepción, aparentemente intuitiva, indicaciones sobre la realidad del juego. Jugadas dos o tres manos, conoce perfectamente las cartas de cada uno, y desde ese momento utiliza las propias con tanta precisión como si los otros jugadores hubieran dado vuelta a las suyas.

El poder analítico no debe confundirse con el mero ingenio, ya que si el analista es por necesidad ingenioso, con frecuencia el hombre ingenioso se muestra notablemente incapaz de analizar. La facultad constructiva o combinatoria por la cual se manifiesta habitualmente el ingenio, y a la que los frenólogos (erróneamente, a mi juicio) han asignado un órgano aparte, considerándola una facultad primordial, ha sido observada con tanta frecuencia en personas cuyo intelecto lindaba con la idiotez, que ha provocado las observaciones de los estudiosos del carácter. Entre el ingenio y la amplitud analítica existe una diferencia mucho mayor que entre la fantasía y la imaginación, pero de naturaleza estrictamente análoga. En efecto, cabe observar que los ingeniosos poseen siempre mucha fantasía, mientras que el hombre *verdaderamente* imaginativo es siempre un analista.

El relato siguiente presentará para el lector algo así como un comentario de las afirmaciones que anteceden.

Mientras residía en París, durante la primavera y parte del verano de 18..., me relacioné con un cierto C. Auguste Dupin. Este joven caballero procedía de una familia excelente —y hasta ilustre—, pero una serie de desdichadas circunstancias lo habían reducido a tal pobreza que la energía de su carácter sucumbió ante la desgracia, llevándolo a alejarse del mundo y a no preocuparse por recuperar su fortuna. Gracias a la cortesía de sus acreedores le quedó una pequeña parte del patrimonio, y la renta que le producía bastaba, mediante una rigurosa economía, para subvenir a sus necesidades, sin preocuparse de lo superfluo. Los libros constituían su solo lujo, y en París es fácil procurárselos.

Nuestro primer encuentro tuvo lugar en una oscura librería de la rue Montmartre, donde la casualidad de que ambos anduviéramos en busca de un mismo libro —tan raro como notable— sirvió para aproximarnos. Volvimos a encontrarnos una y otra vez. Me sentí profundamente interesado por la menuda historia de familia que Dupin me contaba detalladamente, con todo ese candor a que se abandona un francés cuando se trata de su propia persona. Me quedé asombrado, al mismo tiempo, por la extraordinaria amplitud de su cultura; pero, sobre todo, sentí encenderse mi alma ante el exaltado fervor y la vívida frescura de su imaginación. Dado lo que yo buscaba en ese entonces en París, sentí que la compañía de un hombre semejante me resultaría un tesoro inestimable, y no vacilé en decírselo. Quedó por fin decidido que viviríamos juntos durante mi permanencia en la ciudad, y, como mi situación financiera era algo menos comprometida que la suya, logré que quedara a mi cargo alquilar y amueblar —en un estilo que armonizaba con la melancolía un tanto fantástica de nuestro carácter— una decrépita y grotesca mansión abandonada a causa de supersticiones sobre las cuales no inquirimos, y que se acercaba a su ruina en una parte aislada y solitaria del Faubourg Saint-Germain.

Si nuestra manera de vivir en esa casa hubiera

llegado al conocimiento del mundo, éste nos hubiera considerado como locos —aunque probablemente como locos inofensivos—. Nuestro aislamiento era perfecto. No admitíamos visitantes. El lugar de nuestro retiro era un secreto celosamente guardado para mis antiguos amigos; en cuanto a Dupin, hacía muchos años que había dejado de ver gentes o de ser conocido en París. Sólo vivíamos para nosotros.

Una rareza de mi amigo (¿qué otro nombre darle?) consistía en amar la noche por la noche misma; a esta *bizarrerie,* como a todas las otras, me abandoné a mi vez sin esfuerzo, entregándome a sus extraños caprichos con perfecto abandono. La negra divinidad no podía permanecer siempre con nosotros, pero nos era dado imitarla. A las primeras luces del alba, cerrábamos las pesadas persianas de nuestra vieja casa y encendíamos un par de bujías que, fuertemente perfumadas, sólo lanzaban débiles y mortecinos rayos. Con ayuda de ellas ocupábamos nuestros espíritus en soñar, leyendo, escribiendo o conversando, hasta que el reloj nos advertía la llegada de la verdadera oscuridad. Salíamos entonces a la calle, tomados del brazo, continuando la conversación del día vagando al azar hasta muy tarde, mientras buscábamos entre las luces y las sombras de la populosa ciudad esa infinidad de excitantes espirituales que puede proporcionar la observación silenciosa.

En esas oportunidades, no dejaba yo de reparar

y admirar (aunque dada su profunda idealidad cabía esperarlo) una peculiar aptitud analítica de Dupin. Parecía complacerse especialmente en ejercitarla —ya que no en exhibirla— y no vacilaba en confesar el placer que le producía. Se jactaba, con una risita discreta, de que frente a él la mayoría de los hombres tenían como una ventana por la cual podía verse su corazón, y estaba pronto a demostrar sus afirmaciones con pruebas tan directas como sorprendentes del íntimo conocimiento que de mí tenía. En aquellos momentos su actitud era fría y abstraída; sus ojos miraban como sin ver, mientras su voz, habitualmente de un rico registro de tenor, subía a un falsete que hubiera parecido petulante de no mediar lo deliberado y lo preciso de sus palabras. Al observarlo en esos casos, me ocurría muchas veces pensar en la antigua filosofía del *alma doble,* y me divertía con la idea de un doble Dupin: el creador y el analista.

No se suponga, por lo que llevo dicho, que estoy circunstanciando algún misterio o escribiendo una novela. Lo que he referido de mi amigo francés era tan sólo el producto de una inteligencia excitada o quizá enferma. Pero el carácter de sus observaciones en el curso de esos periodos se apreciará con más claridad mediante un ejemplo.

Errábamos una noche por una larga y sucia calle, en la vecindad del Palais Royal. Sumergidos en nuestras meditaciones, no habíamos pronunciado una sola sílaba durante un cuarto de hora por lo

menos. Bruscamente, Dupin pronunció estas palabras:

—Sí, es un hombrecillo muy pequeño, y estaría
mejor en el *Théâtre des Variétés.*

—No cabe duda —repuse inconscientemente,
sin advertir (pues tan absorto había estado en mis
reflexiones) la extraordinaria forma en que Dupin
coincidía con mis pensamientos. Pero, un instante
después, me di cuenta y me sentí profundamente
asombrado.

—Dupin —dije gravemente—, esto va más allá
de mi comprensión. Le confieso sin rodeos que estoy atónito y que apenas puedo dar crédito a mis
sentidos. ¿Cómo es posible que haya sabido que yo
estaba pensando en...?

Aquí me detuve, para asegurarme sin lugar a dudas de si realmente sabía en quién estaba yo pensando.

—En Chantilly —dijo Dupin—. ¿Por qué se in-
terrumpe? Estaba usted diciéndose que su pequeña
estatura le veda los papeles trágicos.

Tal era, exactamente, el tema de mis reflexiones.
Chantilly era un ex remendón de la rue Saint-Denis
que, apasionado por el teatro, había encarnado el
papel de Jerjes en la tragedia homónima de Cré-
billon, logrando tan sólo que la gente se burlara
de él.

—En nombre del cielo —exclamé—, dígame
cuál es el método... si es que hay un método... que
le ha permitido leer en lo más profundo de mí.

En realidad, me sentía aún más asombrado de lo que estaba dispuesto a reconocer.

—El frutero —replicó mi amigo— fue quien lo llevó a la conclusión de que el remendón de suelas no tenía estatura suficiente para Jerjes *et id genus omne*.

—¡El frutero! ¡Me asombra usted! No conozco ningún frutero.

—El hombre que tropezó con usted cuando entrábamos en esta calle... hará un cuarto de hora.

Recordé entonces que un frutero, que llevaba sobre la cabeza una gran cesta de manzanas, había estado a punto de derribarme accidentalmente cuando pasábamos de la rue C... a la que recorríamos ahora. Pero me era imposible comprender qué tenía eso que ver con Chantilly.

—Se lo explicaré —me dijo Dupin, en quien no había la menor partícula de *charlatanerie*—, y para que pueda comprender claramente, remontaremos primero el curso de sus reflexiones desde el momento en que le hablé hasta el de su choque con el frutero en cuestión. Los eslabones principales de la cadena son los siguientes: Chantil' Orión, el doctor Nichols, Epicuro, la estereotomía, el pavimento, el frutero.

Pocas personas hay que, en algún momento de su vida, no se hayan entretenido en remontar el curso de las ideas mediante las cuales han llegado a alguna conclusión. Con frecuencia, esta tarea está llena de interés, y aquel que la emprende se queda asombrado por la distancia aparentemente ilimitada e inconexa entre el punto de partida y el de llegada. ¡Cuál habrá sido entonces mi asombro al oír las palabras que acababa de pronunciar Dupin y reconocer que correspondían a la verdad!

—Si no me equivoco —continuó él—, habíamos estado hablando de caballos justamente al abandonar la rue C... Éste fue nuestro último tema de conversación. Cuando cruzábamos hacia esta calle, un frutero que traía una gran canasta en la cabeza pasó rápidamente a nuestro lado y le empujó a usted contra una pila de adoquines correspondiente a un pedazo de la calle en reparación. Usted pisó una de las piedras sueltas, resbaló, torciéndose ligeramente el tobillo; mostró enojo o malhumor, murmuró algunas palabras, se volvió para mirar la pila de adoquines y siguió andando en silencio. Yo no estaba especialmente atento a sus actos, pero en los últimos tiempos la observación se ha convertido para mí en una necesidad.

Mantuvo usted los ojos clavados en el suelo, observando con aire quisquilloso los agujeros y los surcos del pavimento (por lo cual comprendí que seguía pensando en las piedras), hasta que llegamos al pequeño pasaje llamado Lamartine, que con fines experimentales ha sido pavimentado con bloques ensamblados y remachados. Aquí su rostro se animó y, al notar que sus labios se movían, no tuve dudas de que murmuraba la palabra «estereotomía», término que se ha aplicado pretenciosamente a esta clase de pavimento. Sabía que para usted sería imposible decir «estereotomía» sin verse llevado a pensar en átomos y pasar de ahí a las teorías de Epicuro; ahora bien, cuando discutimos no hace mucho este tema, recuerdo haberle hecho notar de qué curiosa manera —por lo demás desconocida— las vagas conjeturas de aquel noble griego se han visto confirmadas en la reciente cosmogonía de las nebulosas; comprendí, por tanto, que usted no dejaría de alzar los ojos hacia la gran nebulosa de Orión, y estaba seguro de que lo haría. Efectivamente, miró usted hacia lo alto y me sentí seguro de haber seguido correctamente sus pasos hasta ese momento. Pero en la amarga crítica a Chantilly que apareció en el *Musée* de ayer, el escritor satírico hace algunas penosas alusiones al cambio de nombre del remendón antes de calzar lo coturnos, y cita un verso latino sobre el cual hemos hablado muchas veces. Me refiero al verso:

Perdidit antiquum litera prima sonum.

Le dije a usted que se refería a Orión, que en un tiempo se escribió Urión; y dada cierta acritud que se mezcló en aquella discusión, estaba seguro de que usted no la había olvidado. Era claro, pues, que no dejaría de combinar las dos ideas de Orión y Chantilly. Que así lo hizo, lo supe por la sonrisa que pasó por sus labios. Pensaba usted en la inmolación del pobre zapatero. Hasta ese momento había caminado algo encorvado, pero de pronto le vi erguirse en toda su estatura. Me sentí seguro de que estaba pensando en la diminuta figura de Chantilly. Y en este punto interrumpí sus meditaciones para hacerle notar que, en efecto, el tal Chantilly era muy pequeño y que estaría mejor en el *Théâtre des Variétés*.

Poco tiempo después de este episodio, leíamos una edición nocturna de la *Gazette des Tribunaux* cuando los siguientes párrafos atrajeron nuestra atención:

«EXTRAÑOS ASESINATOS.—Esta mañana, hacia las tres, los habitantes del *quartier* Saint-Roch fueron arrancados de su sueño por los espantosos alaridos procedentes del cuarto piso de una casa situada en la rue Morgue, ocupada por madame L'Espanaye y su hija, mademoiselle Camille l'Espanaye. Como fuera imposible lograr el acceso a la casa, después de perder algún tiempo, se forzó finalmente la puerta con una ganzúa y ocho o diez vecinos penetraron en compañía de dos gendarmes. Por ese entonces los gritos habían cesado, pero cuando el grupo remontaba el primer tramo de la escalera se oyeron dos o más voces que discutían violentamente y que parecían proceder de la parte superior de la casa. Al llegar al segundo piso, las voces callaron a su vez, reinando una profunda calma. Los vecinos se separaron y empezaron a recorrer las habitaciones una por una. Al llegar a una gran cámara situada en la parte posterior del cuarto piso (cuya puerta, cerrada por dentro con llave, debió ser forzada), se vieron en presencia de un espectáculo que les produjo tanto horror como estupefacción.

»El aposento se hallaba en el mayor desorden: los muebles, rotos, habían sido lanzados en todas direcciones. El colchón del único lecho aparecía tirado en mitad del piso. Sobre una silla había una navaja manchada de sangre. Sobre la chimenea aparecían dos o tres largos y espesos mechones de cabello humano igualmente empapados en sangre y que daban la impresión de haber sido arrancados de raíz. Se encontraron en el piso cuatro napoleones, un aro de topacio, tres cucharas grandes de plata, tres más pequeñas de *métal d'Alger,* y dos sacos que contenían casi cuatro mil francos en oro. Los cajones de una cómoda situada en un ángulo habían sido abiertos y aparentemente saqueados, aunque quedaban en ellos numerosas prendas. Descubrióse una pequeña caja fuerte de hierro debajo de la *cama* (y no del colchón). Estaba abierta y con la llave en la cerradura. No contenía nada, aparte de unas viejas cartas y papeles igualmente sin importancia.

»No se veía huella alguna de madame l'Espanaye, pero al notarse la presencia de una insólita cantidad de hollín al pie de la chimenea se procedió a registrarla, encontrándose (¡cosa horrible de describir!) el cadáver de su hija, cabeza abajo, el cual había sido metido a la fuerza en la estrecha abertura y considerablemente empujado hacia arriba. El cuerpo estaba aún caliente. Al examinarlo se advirtieron en él numerosas excoriaciones, producidas, sin duda, por la violencia con que fuera introducido y por la que requirió arrancarlo de allí. Veíanse profundos arañazos en el rostro, y en la garganta aparecían contusiones negruzcas y profundas huellas de uñas, como si la víctima hubiera sido estrangulada.

»Luego de una cuidadosa búsqueda en cada porción de la casa, sin que apareciera nada nuevo, los vecinos se introdujeron en un pequeño patio pavimentado de la parte posterior del edificio y encontraron el cadáver de la anciana señora, la cual había sido degollada tan salvajemente que, al tratar de levantar el cuerpo, la cabeza se desprendió del tronco. Horribles mutilaciones aparecían en la cabeza y el cuerpo, y este último apenas presentaba forma humana.

»Hasta el momento no se ha encontrado la menor clave que permita solucionar tan horrible misterio.»

La edición del día siguiente contenía los siguientes detalles adicionales:

«La tragedia de la rue Morgue.—Diversas personas han sido interrogadas con relación a este terrible y extraordinario suceso, pero nada ha trascendido que pueda arrojar alguna luz sobre él. Da-

mos a continuación las declaraciones obtenidas:

»*Pauline Dubourg,* lavandera, manifiesta que conocía desde hacía tres años a las dos víctimas, de cuya ropa se ocupaba. La anciana y su hija parecían hallarse en buenos términos y se mostraban sumamente cariñosas entre sí. Pagaban muy bien. No sabía nada sobre su modo de vida y sus medios de subsistencia. Creía que madame L. decía la buenaventura. Pasaba por tener dinero guardado. Nunca encontró a otras personas en la casa cuando iba a buscar la ropa o la devolvía. Estaba segura de que no tenían ningún criado o criada. Opinaba que en la casa no había ningún mueble, salvo en el cuarto piso.

»*Pierre Moreau,* vendedor de tabaco, declara que desde hace cuatro años vendía regularmente pequeñas cantidades de tabaco y de rapé a madame L'Espanaye. Nació en la vecindad y ha residido siempre en ella. La extinta y su hija ocupaban desde hacía más de seis años la casa donde se encontraron los cadáveres. Anteriormente vivía en ella un joyero, que alquilaba las habitaciones superiores a diversas personas. La casa era de propiedad de madame L., quien se sintió disgustada por los abusos que cometía su inquilino y ocupó personalmente la casa, negándose a alquilar parte alguna. La anciana señora daba señales de senilidad. El testigo vio a su hija unas cinco o seis veces durante esos seis años. Ambas llevaban una vida muy retirada y pasaban por tener dinero. Había oído decir a los vecinos que madame L. decía la buenaventura, pero no lo creía. Nunca vio entrar a nadie, salvo a la anciana y su hija, a un mozo de servicio que estuvo allí una o dos veces, y a un médico que hizo ocho o diez visitas.

»Muchos otros vecinos han proporcionado testimonios coincidentes. No se ha hablado de nadie que frecuentara la casa. Se ignora si madame L. y su hija tenían parientes vivos. Pocas veces se abrían las persianas de las ventanas delanteras. Las de la parte posterior estaban siempre cerradas, salvo las de la gran habitación en la parte trasera del cuarto piso. La casa se hallaba en excelente estado y no era muy antigua.

»*Isidore Muset,* gendarme, declara que fue llamado hacia las tres de la mañana y que, al llegar a la casa, encontró a unas veinte o treinta personas reunidas que se esforzaban por entrar. Violentó finalmente la entrada (con una bayoneta y no con una ganzúa). No le costó mucho abrirla, pues se trataba de una puerta de dos batientes que no tenía pasadores ni arriba ni abajo. Los alaridos continuaron hasta que se abrió la puerta, cesando luego de golpe. Parecían gritos de persona (o personas) que sufrieran los más agudos dolores; eran gritos agudos y prolongados, no breves y precipitados. El testigo trepó el primero las escaleras. Al llegar al primer descanso oyó dos voces que discutían con fuerza y agriamente; una de ellas era ruda y la otra mucho más aguda y muy extraña. Pudo entender algunas palabras provenientes de la primera voz, que correspondía a un francés. Estaba seguro de que no se trataba de una voz de mujer. Pudo distinguir las palabras *sacré* y *diable*. La voz más aguda era de un extranjero. No podría asegurar si se trataba de un hombre o una mujer. No entendió lo que decía, pero tenía la impresión de que hablaba en español. El estado de la habitación y de los cadáveres fue descrito por el testigo en la misma forma que lo hicimos ayer.

»*Henri Duval,* vecino, de profesión platero, declara que formaba parte del primer grupo que entró en la casa. Corrobora en general la declaración de Muset. Tan pronto forzaron la puerta, volvieron a cerrarla para mantener alejada a la muchedumbre, que, pese a lo avanzado de la hora, se estaba reuniendo rápidamente. El testigo piensa que la voz más aguda pertenecía a un italiano. Está seguro de que no se trataba de un francés. No puede asegurar que se tratara de una voz masculina. Pudo ser la de una mujer. No está familiarizado con la lengua italiana. No alcanzó a distinguir las palabras, pero por la entonación está convencido de que quien hablaba era italiano. Conocía a madame L. y a su hija. Había conversado frecuentemente con ellas. Estaba seguro de que la voz aguda no pertenecía a ninguna de las difuntas.

»*Odenheimer, restaurateur.* Este testigo se ofreció voluntariamente a declarar. Como no habla francés, testimonió mediante un intérprete. Es originario de Amsterdam. Pasaba frente a la casa cuando se oyeron los gritos. Duraron varios minutos, probablemente diez. Eran prolongados y agudos, tan horribles como penosos de oír. El testigo fue uno de los que entraron en el edificio. Corroboró las declaraciones anteriores en todos sus detalles, salvo uno. Estaba seguro de que la voz más aguda pertenecía a un hombre y que se trataba de un francés. No pudo distinguir las palabras pronunciadas. Eran fuertes y precipitadas, desiguales y pronunciadas aparentemente con tanto miedo como cólera. La voz era áspera; no tanto aguda como áspera. El testigo no la calificaría de aguda. La voz más gruesa dijo varias veces: *sacré, diable,* y una vez *Mon Dieu!*

»*Jules Mignaud,* banquero, de la firma Mignaud e hijos, en la calle Deloraine. Es el mayor de los Mignaud. Madame L'Espanaye poseía algunos bienes. Había abierto una cuenta en su banco durante la primavera del año 18... (ocho años antes). Hacía frecuentes depósitos de pequeñas sumas. No había retirado nada hasta tres días antes de su muerte, en que personalmente extrajo la suma de 4.000 francos. La suma le fue pagada en oro y un empleado la llevó a su domicilio.

»*Adolphe Lebon,* empleado de Mignaud e hijos, declara que el día en cuestión acompañó hasta su residencia a madame L'Espanaye, llevando los 4.000 francos en dos sacos. Una vez abierta la puerta, mademoiselle L. vino a tomar uno de los sacos, mientras la anciana señora se encargaba del otro. Por su parte, el testigo saludó y se retiró. No vio a persona alguna en la calle en ese momento. Se trata de una calle poco importante, muy solitaria.

»*William Bird,* sastre, declara que formaba parte del grupo que entró en la casa. Es de nacionalidad inglesa. Lleva dos años de residencia en París. Fue uno de los primeros en subir las escaleras. Oyó voces que disputaban. La más ruda era la de un francés. Pudo distinguir varias palabras, pero ya no las recuerda todas. Oyó claramente: *sacré* y *mon Dieu.* En ese momento se oía un ruido como si varias personas estuvieran luchando; era un sonido de forcejeo, como si algo fuese arrastrado. La voz aguda era muy fuerte, mucho más que la voz ruda. Está seguro de que no se trataba de la voz de un inglés. Parecía la de un alemán. Podía ser una voz de mujer. El testigo no comprende el alemán.

»Cuatro de los testigos nombrados más arriba fueron nuevamente interrogados, declarando que la puerta del aposento donde se encontró el cadáver de mademoiselle L. estaba cerrada por dentro cuando llegaron hasta ella. Reinaba un profundo silencio; no se escuchaban quejidos ni rumores de ninguna especie. No se vio a nadie en el momento de forzar la puerta. Las ventanas, tanto de la habitación del frente como de la trasera, estaban cerradas y firmemente aseguradas por dentro. Entre ambas habitaciones había una puerta cerrada, pero la llave no estaba echada. La puerta que comunicaba la habitación del frente con el corredor había sido cerrada con llave por dentro. Un cuarto pequeño situado en el frente del cuarto piso, al comienzo del corredor, apareció abierto, con la puerta entornada. La habitación estaba llena de camas viejas, cajones y objetos por el estilo. Se procedió a revisarlos uno por uno; no se dejó sin examinar una sola pulgada de la casa. Se enviaron deshollinadores para que exploraran las chimeneas. La casa tiene cuatro pisos, con *mansardes*. Una trampa que da al techo estaba firmemente asegurada con clavos y no parece haber sido abierta durante años. Los testigos no están de acuerdo sobre el tiempo transcurrido entre el momento en que escucharon las voces que disputaban y la apertura de la puerta de la habitación. Algunos sostienen que transcurrieron tres minutos; otros calculan cinco. Costó mucho violentar la puerta.

»*Alfonso Garcio*, empresario de pompas fúnebres, habita en la rue Morgue. Es de nacionalidad española. Formaba parte del grupo que entró en la casa. No subió las escaleras. Tiene los nervios delicados y teme las consecuencias de toda agitación. Oyó las voces que disputaban. La más ruda pertenecía a un francés. No pudo comprender lo que decía. La voz aguda era la de un inglés; está seguro de esto. No comprende el inglés, pero juzga basándose en la entonación.

»*Alberto Montani,* confitero, declara que fue de los primeros en subir las escaleras. Oyó las voces en cuestión. La voz ruda era la de un francés. Pudo distinguir varias palabras. El que hablaba parecía reprochar alguna cosa. No pudo comprender las palabras dichas por la voz más aguda, que hablaba rápida y desigualmente. Piensa que se trata de un ruso. Corrobora los testimonios restantes. Es de nacionalidad italiana. Nunca habló con un nativo de Rusia.

»Nuevamente interrogados, varios testigos certificaron que las chimeneas de todas las habitaciones eran demasiado angostas para admitir el paso de un ser humano. Se pasaron "deshollinadores" —cepillos cilíndricos como los que usan los que limpian chimeneas— por todos los tubos existentes en la casa. No existe ningún pasaje en los fondos por el cual alguien hubiera podido descender mientras el grupo subía las escaleras. El cuerpo de mademoiselle L'Espanaye estaba tan firmemente encajado en la chimenea, que no pudo ser extraído hasta que cuatro o cinco personas unieron sus esfuerzos.

»*Paul Dumas,* médico, declara que fue llamado al amanecer para examinar los cadáveres de las víctimas. Los mismos habían sido colocados sobre el colchón del lecho correspondiente a la habitación donde se encontró a mademoiselle. L. El cuerpo de la joven aparecía lleno de contusiones y excoriaciones. El hecho de que hubiese sido metido en la chimenea bastaba para explicar tales marcas. La garganta estaba enormemente excoriada. Varios profundos arañazos aparecían debajo del mentón, juntamente con una serie de manchas lívidas resultantes, con toda evidencia, de la presión de unos dedos. El rostro estaba horriblemente pálido y los ojos se salían de las órbitas. La lengua aparecía a medias cortada. En la región del estómago se descubrió una gran contusión, producida, aparentemente, por la presión de una rodilla. Según opinión del doctor Dumas, mademoiselle L'Espanaye había sido estrangulada por una o varias personas.

»El cuerpo de la madre estaba horriblemente mutilado. Todos los huesos de la pierna y el brazo derechos se hallaban fracturados en mayor o menor grado. La tibia izquierda había quedado reducida a astillas, así como todas las costillas del lado izquierdo. El cuerpo aparecía cubierto de contusiones y estaba descolorido. Resultaba imposible precisar el arma con que se habían inferido tales heridas. Un pesado garrote de mano, o una ancha barra de hierro, quizá una silla, cualquier arma grande, pesada y contundente, en manos de un hombre sumamente robusto, podía haber producido esos resultados. Imposible que una mujer pudiera infligir tales heridas con cualquier arma que fuese. La cabeza de la difunta aparecía separada del cuerpo y, al igual que el resto, terriblemente contusa. Era evidente que la garganta había sido seccionada con un instrumento muy afilado, probablemente una navaja.

»*Alexandre Étienne,* cirujano, fue llamado al mismo tiempo que el doctor Dumas para examinar los cuerpos. Confirmó el testimonio y las opiniones de este último.

»No se ha obtenido ningún otro dato de importancia, a pesar de haberse interrogado a varias otras personas. Jamás se ha cometido en París un asesinato tan misterioso y tan enigmático en sus detalles... si es que en realidad se trata de un asesinato. La policía está perpleja, lo cual no es frecuente en asuntos de esta naturaleza. Pero resulta imposible hallar la más pequeña clave del misterio.»

La edición vespertina del diario declaraba que en el *quartier* Saint-Roch reinaba una intensa excitación, que se había practicado un nuevo y minucioso examen del lugar del hecho, mientras se interrogaba a nuevos testigos, pero que no se sabía nada nuevo. Un párrafo final agregaba, sin embargo, que un tal Adolphe Lebon acababa de ser arrestado y encarcelado, aunque nada parecía acusarlo, a juzgar por los hechos detallados.

Dupin se mostraba singularmente interesado en el desarrollo del asunto; o por lo menos así me pareció por sus maneras, pues no hizo el menor comentario. Tan sólo después de haberse anunciado el arresto de Lebon me pidió mi parecer acerca de los asesinatos.

No pude sino sumarme al de todo París y declarar que los consideraba misterios insolubles. No veía modo alguno de seguir el rastro al asesino.

—No debemos pensar en los modos posibles que surgen de una investigación tan rudimentaria —dijo Dupin—. La policía parisiense, tan alabada por su penetración, es muy astuta pero nada más. No procede con método, salvo el del momento. Toma muchas disposiciones ostentosas, pero con frecuencia éstas se hallan tan mal adaptadas a su objetivo que recuerdan a Monsieur Jourdain, que pedía *sa robe de chambre... pour mieux entendre la musique.* Los resultados obtenidos son con frecuencia sorprendentes, pero en su mayoría se logran por simple diligencia y actividad. Cuando éstas son insuficientes, todos sus planes fracasan. Vidocq, por ejemplo, era hombre de excelentes conjeturas y perseverante. Pero como su pensamiento carecía de suficiente educación, erraba continuamente por el excesivo ardor de sus investigaciones. Dañaba su visión por mirar el objeto desde demasiado cerca. Quizá alcanzaba a ver uno o dos puntos con singular acuidad, pero procediendo así perdía el conjunto de la cuestión. En el fondo se trataba de un exceso de profundidad, y la verdad no siempre está dentro de un pozo. Por el contrario, creo que, en lo que se refiere al conocimiento más importante, es invariablemente superficial. La profundidad corresponde a los valles, donde la buscamos, y no a las cimas montañosas, donde se la encuentra. Las formas y fuentes de este tipo de error se ejemplifican muy bien en la contemplación de los cuerpos celestes. Si se observa una estrella de una ojeada, oblicuamente, volviendo hacia ella la porción exterior de la retina (mucho más sensible a las impresiones luminosas débiles que la parte interior), se verá la estrella con claridad y se apreciará plenamente su brillo, el cual se empaña apenas la contemplamos *de lleno*. Es verdad que en este último caso llegan a nuestros ojos mayor cantidad de rayos, pero la porción exterior posee una capacidad de recepción mucho más refinada. Por causa de una indebida profundidad confundimos y debilitamos el pensamiento, y Venus misma puede llegar a borrarse del firmamento si la escrutamos de manera demasiado sostenida, demasiado concentrada o directa.

En cuanto a esos asesinatos, procedamos personalmente a un examen antes de formarnos una opinión. La encuesta nos servirá de entretenimiento (me pareció que el término era extraño, aplicado al caso, pero no dije nada). Además, Lebon me prestó cierta vez un servicio por el cual le estoy agradecido. Iremos a estudiar el terreno con nuestros propios ojos. Conozco a G..., el prefecto de policía, y no habrá dificultad en obtener el permiso necesario.

La autorización fue acordada, y nos encaminamos inmediatamente a la rue Morgue. Se trata de uno de esos míseros pasajes que corren entre la rue Richelieu y la rue Saint-Roch. Atardecía cuando llegamos, pues el barrio estaba considerablemente distanciado del de nuestra residencia. Encontramos fácilmente la casa, ya que aún había varias personas mirando las persianas cerradas desde la acera opuesta. Era una típica casa parisiense, con una puerta de entrada y una galería de cristales con ventana corrediza, correspondiente a la *loge du concierge*. Antes de entrar recorrimos la calle, doblamos por un pasaje y, volviendo a doblar, pasamos por la parte trasera del edificio, mientras Dupin examinaba la entera vecindad, así como la casa, con una atención minuciosa cuyo objeto me resultaba imposible de adivinar.

Volviendo sobre nuestros pasos retornamos a la parte delantera y, luego de llamar y mostrar nuestras credenciales, fuimos admitidos por los agentes de guardia. Subimos las escaleras, hasta llegar a la habitación donde se había encontrado el cuerpo de mademoiselle L'Espanaye y donde aún yacían ambas víctimas. Como es natural, el desorden del aposento había sido respetado. No vi nada que no estuviese detallado en la *Gazette des Tribunaux*. Dupin lo inspeccionaba todo, sin exceptuar los cuerpos de las víctimas. Pasamos luego a las otras habitaciones y al patio; un gendarme nos acompañaba a todas partes. El examen nos tuvo ocupados hasta que oscureció, y era de noche cuando salimos. En el camino de vuelta, mi amigo se detuvo algunos minutos en las oficinas de uno de los diarios parisienses.

He dicho ya que sus caprichos eran muchos y variados, y que *je les ménageais* (pues no hay traducción posible de la frase). En esta oportunidad Dupin rehusó toda conversación vinculada con los asesinatos, hasta el día siguiente a mediodía. Entonces, súbitamente, me preguntó si había observado alguna cosa *peculiar* en el escenario de aquellas atrocidades.

Algo había en su manera de acentuar la palabra, que me hizo estremecer sin que pudiera decir por qué.

—No, nada peculiar —dije—. Por lo menos, nada que no hayamos encontrado ya referido en el diario.

—Me temo —repuso Dupin— que la *Gazette* no haya penetrado en el insólito horror de este asunto. Pero dejemos de lado las vanas opiniones de ese diario. Tengo la impresión de que se considera insoluble este misterio por las mismísimas razones que deberían inducir a considerarlo fácilmente solucionable; me refiero a lo excesivo, a lo *outré* de sus características. La policía se muestra confundida por la aparente falta de móvil, y no por el asesinato en sí, sino por su atrocidad. Está asimismo perpleja por la aparente imposibilidad de conciliar las voces que se oyeron disputando, con el hecho de que en lo alto sólo se encontró a la difunta mademoiselle L'Espanaye, aparte de que era imposible escapar de la casa sin que el grupo que ascendía la escalera lo notara. El salvaje desorden del aposento; el cadáver metido, cabeza abajo, en la chimenea; la espantosa mutilación del cuerpo de la anciana, son elementos que, junto con los ya mencionados y otros que no necesito mencionar, han bastado para paralizar la acción de los investigadores policiales y confundir por completo su tan alabada perspicacia. Han caído en el grueso pero común error de confundir lo insólito con lo abstruso. Pero, justamente a través de esas desviaciones del plano ordinario de las cosas, la razón se abrirá paso, si ello es posible, en la búsqueda de la verdad. En investigaciones como la que ahora efectuamos no debería preguntarse tanto «qué ha ocurrido», como «qué hay en lo ocurrido que no se parezca a nada ocurrido anteriormente». En una palabra, la facilidad con la cual llegaré o he llegado a la solución de este misterio se halla en razón directa de su aparente insolubilidad a ojos de la policía.

Me quedé mirando a mi amigo con silenciosa estupefacción.

—Estoy esperando ahora —continuó Dupin, mirando hacia la puerta de nuestra habitación— a alguien que, si bien no es el perpetrador de esas carnicerías, debe de haberse visto envuelto de alguna manera en su ejecución. Es probable que sea inocente de la parte más horrible de los crímenes. Confío en que mi suposición sea acertada, pues en ella se apoya toda mi esperanza de descifrar completamente el enigma. Espero la llegada de ese hombre en cualquier momento... y en esta habitación. Cierto que puede no venir, pero lo más probable es que llegue. Si así fuera, habrá que retenerlo. He ahí unas pistolas; los dos sabemos lo que se puede hacer con ellas cuando la ocasión se presenta.

Tomé las pistolas, sabiendo apenas lo que hacía y, sin poder creer lo que estaba oyendo, mientras Dupin, como si monologara, continuaba sus reflexiones. Ya he mencionado su actitud abstraída en esos momentos. Sus palabras se dirigían a mí, pero su voz, aunque no era forzada, tenía esa entonación que se emplea habitualmente para dirigirse a alguien que se halla muy lejos. Sus ojos, privados de expresión, sólo miraban la pared.

—Las voces que disputaban y fueron oídas por el grupo que trepaba la escalera —dijo— no eran las de las dos mujeres, como ha sido bien probado por los testigos. Con esto queda eliminada toda posibilidad de que la anciana señora haya matado a su hija, suicidándose posteriormente. Menciono esto por razones metódicas, ya que la fuerza de madame de L'Espanaye hubiera sido por completo insuficiente para introducir el cuerpo de su hija en la chimenea, tal como fue encontrado, amén de que la naturaleza de las heridas observadas en su cadáver excluye toda idea de suicidio. El asesinato, pues, fue cometido por terceros, y a éstos pertenecían las voces que se escucharon mientras disputaban. Permítame ahora llamarle la atención, no sobre las declaraciones referentes a dichas voces, sino a algo *peculiar* en esas declaraciones. ¿No lo advirtió usted?

Hice notar que, mientras todos los testigos coincidían en que la voz más ruda debía ser la de un francés, existían grandes desacuerdos sobre la voz más aguda o —como la calificó uno de ellos— la voz áspera.

—Tal es el testimonio en sí —dijo Dupin—, pero no su peculiaridad. Usted no ha observado nada característico. Y, sin embargo, *había algo* que observar. Como bien ha dicho, los testigos coinciden sobre la voz ruda. Pero, con respecto a la voz aguda, la peculiaridad no consiste en que estén en desacuerdo, sino que un italiano, un inglés, un español, un holandés y un francés han tratado de describirla, y cada uno de ellos se ha referido a una voz *extranjera*. Cada uno de ellos está seguro de que no se trata de la voz de un compatriota. Cada uno la vincula, no a la voz de una persona perteneciente a una nación cuyo idioma conoce, sino a la inversa. El francés supone que es la voz de un español, y agrega que «podría haber distinguido algunas palabras *si hubiera sabido español*». El holandés sostiene que se trata de un francés, pero nos enteramos de que *como no habla francés, testimonió mediante un intérprete*. El inglés piensa que se trata de la voz de un alemán, pero el testigo *no comprende el alemán*. El español «está seguro» de que se trata de un inglés, pero «juzga basándose en la entonación», ya que *no comprende el inglés*. El italiano cree que es la voz de un ruso, pero *nunca habló con un nativo de Rusia*. Un segundo testigo francés difiere del primero y está seguro de que se trata de la voz de un italiano. No *está familiarizado con la lengua italiana,* pero al igual que el español, «está convencido por la entonación». Ahora bien: ¡cuán extrañamente insólita tiene que haber sido esa voz para que pudieran reunirse semejantes testimonios! ¡Una voz en cuyos *tonos* los ciudadanos de las cinco grandes divisiones de Europa no pudieran reconocer nada familiar! Me dirá usted que podía tratarse de la voz de un asiático o un africano. Ni unos ni otros abundan en París, pero, sin negar esa posibilidad, me limitaré a llamarle la atención sobre tres puntos. Un testigo califica la voz de «áspera, más que aguda». Otros dos señalan que era «precipitada y desigual». Ninguno de los testigos se refirió a palabras reconocibles, a sonidos que parecieran palabras.

—No sé —continuó Dupin— la impresión que pudo haber causado hasta ahora en su entendimiento, pero no vacilo en decir que cabe extraer deducciones legítimas de esta parte del testimonio —la que se refiere a las voces ruda y aguda—, suficientes para crear una sospecha que debe orientar todos los pasos futuros de la investigación del misterio. Digo «deducciones legítimas», sin expresar plenamente lo que pienso. Quiero dar a entender que las deducciones son las *únicas* que corresponden, y que la sospecha surge *inevitablemente* como resultado de las mismas. No le diré todavía cuál es esta sospecha. Pero tenga presente que, por lo que a mí se refiere, bastó para dar forma definida y tendencia determinada a mis investigaciones en el lugar del hecho.

Transportémonos ahora con la fantasía a esa habitación. ¿Qué buscaremos en primer lugar? Los medios de evasión empleados por los asesinos. Supongo que bien puedo decir que ninguno de los dos cree en acontecimientos sobrenaturales. Madame y mademoiselle L'Espanaye no fueron asesinadas por espíritus. Los autores del hecho eran de carne y hueso, y escaparon por medios materiales. ¿Cómo, pues? Afortunadamente, sólo hay una manera de razonar sobre este punto, y esa manera *debe* conducirnos a una conclusión definida. Examinemos uno por uno los posibles medios de escape. Resulta evidente que los asesinos se hallaban en el cuarto donde se encontró a mademoiselle L'Espanaye, o por lo menos en la pieza contigua, en momentos en que el grupo subía las escaleras. Vale decir que debemos buscar las salidas en esos dos aposentos. La policía ha levantado los pisos, los techos y la mampostería de las paredes en todas direcciones. Ninguna salida *secreta* pudo escapar a sus observaciones. Pero como no me fío de *sus* ojos, miré el lugar con los míos. Efectivamente, no había salidas secretas. Las dos puertas que comunican las habitaciones con el corredor estaban bien cerradas, con las llaves por dentro. Veamos ahora las chimeneas. Aunque de diámetro ordinario en los primeros ocho o diez pies por encima de los hogares, los tubos no permitirían más arriba el paso del cuerpo de un gato grande. Quedando así establecida la total imposibilidad de escape por las vías mencionadas, nos vemos reducidos a las ventanas. Nadie podría haber huido por la del cuarto delantero, ya que la muchedumbre reunida lo hubiese visto. Los asesinos *tienen* que haber pasado, pues, por las de la pieza trasera. Llevados a esta conclusión de manera tan inequívoca, no nos corresponde, en nuestra calidad de razonadores, rechazarla por su aparente imposibilidad. Lo único que cabe hacer es probar que esas aparentes «imposibilidades» no son tales en realidad.

Hay dos ventanas en el aposento. Contra una de ellas no hay ningún mueble que la obstruya, y es claramente visible. La porción inferior de la otra queda oculta por la cabecera del pesado lecho, que ha sido arrimado a ella. La primera ventana apareció firmemente asegurada desde dentro. Resistió los más violentos esfuerzos de quienes trataron de levantarla. En el marco, a la izquierda, había una gran perforación de barreno, y en ella un solidísimo clavo hundido casi hasta la cabeza. Al examinar la otra ventana se vio que había un clavo colocado en forma similar; todos los esfuerzos por levantarla fueron igualmente inútiles. La policía, pues, se sintió plenamente segura de que la huida no se había producido por ese lado. Y, *por tanto,* consideró superfluo extraer los clavos y abrir las ventanas.

Mi examen fue algo más detallado, y eso por la razón que acabo de darle: allí era el caso de probar que todas las aparentes imposibilidades no eran tales en realidad.

Seguí razonando en la siguiente forma... *a posteriori.* Los asesinos escaparon *desde una de esas ventanas.* Por tanto, no pudieron asegurar nuevamente los marcos desde el interior, tal como fueron encontrados (consideración que, dado lo obvio de su carácter, interrumpió la búsqueda de la policía en ese terreno). Los marcos estaban asegurados. *Es necesario,* pues, que tengan una manera de asegurarse por sí mismos. La conclusión no admitía escapatoria. Me acerqué a la ventana que tenía libre acceso, extraje con alguna dificultad el clavo y traté de levantar el marco. Tal como lo había anticipado, resistió a todos mis esfuerzos. Comprendí entonces que debía de haber algún resorte oculto, y la corroboración de esta idea me convenció de que por lo menos mis premisas eran correctas, aunque el detalle referente a los clavos continuara siendo misterioso. Un examen detallado no tardó en revelarme el resorte secreto. Lo oprimí y, satisfecho de mi descubrimiento, me abstuve de levantar el marco.

Volví a poner el clavo en su sitio y lo observé

atentamente. Una persona que escapa por la ventana podía haberla cerrado nuevamente, y el resorte habría asegurado el marco. Pero, ¿cómo reponer el clavo? La conclusión era evidente y estrechaba una vez más el campo de mis investigaciones. Los asesinos *tenían* que haber escapado por la otra ventana. Suponiendo, pues, que los resortes fueran idénticos en las dos ventanas, como parecía probable, *necesariamente* tenía que haber una diferencia entre los clavos, o por lo menos en su manera de estar colocados. Trepando al armazón de la cama, miré minuciosamente el marco de sostén de la segunda ventana. Pasé la mano por la parte posterior, descubriendo en seguida el resorte que, tal como había supuesto, era idéntico a su vecino. Miré luego el clavo. Era tan sólido como el otro y aparentemente estaba fijo de la misma manera y hundido casi hasta la cabeza.

Pensará usted que me sentí perplejo, pero si así fuera no ha comprendido la naturaleza de mis inducciones. Para usar una frase deportiva, hasta entonces no había cometido falta. No había perdido la pista un solo instante. Los eslabones de la cadena no tenían ninguna falla. Había perseguido el secreto hasta su última conclusión: y esa conclusión *era el clavo*. Ya he dicho que tenía todas la apariencias de su vecino de la otra ventana; pero el hecho, por más concluyente que pareciera, resultaba de una absoluta nulidad comparado con la consideración de que allí, en ese punto, se acababa el hilo conductor. «*Tiene* que haber algo defectuoso en el clavo», pensé. Al tocarlo, su cabeza quedó entre mis dedos juntamente con un cuarto de pulgada de la espiga. El resto de la espiga se hallaba dentro del agujero, donde se había roto. La fractura era muy antigua, pues los bordes aparecían herrumbrados, y parecía haber sido hecho de un martillazo, que había hundido parcialmente la cabeza del clavo en el marco inferior de la ventana. Volví a colocar cuidadosamente la parte de la cabeza en el lugar de donde la había sacado, y vi que el clavo daba la exacta impresión de estar entero; la fisura resultaba invisible. Apretando el resorte, levanté ligeramente el marco; la cabeza del clavo subió con él, sin moverse de su lecho. Cerré la ventana, y el clavo dio otra vez la impresión de estar dentro.

Hasta ahora, el enigma quedaba explicado. El asesino había huido por la ventana que daba a la cabecera del lecho. Cerrándose por sí misma (o quizá exprofeso) la ventana había quedado asegurada por su resorte. Y la resistencia ofrecida por éste había inducido a la policía a suponer que se trataba del clavo, dejando así de lado toda investigación suplementaria.

La segunda cuestión consiste en el modo del descenso. Mi paseo con usted por la parte trasera de la casa me satisfizo al respecto. A unos cinco pies y medio de la ventana en cuestión corre una varilla de pararrayos. Desde esa varilla hubiera resultado imposible alcanzar la ventana, y mucho menos introducirse por ella. Observé, sin embargo, que las persianas del cuarto piso pertenecen a esa curiosa especie que los carpinteros parisienses denominan *ferrades;* es un tipo rara vez empleado en la actualidad, pero que se ve con frecuencia en casas muy viejas de Lyon y Bordeaux. Se las fabrica como una puerta ordinaria (de una sola hoja, y no de doble batiente), con la diferencia de que la parte inferior tiene celosías o tablillas que ofrecen excelente asidero para las manos. En este caso las persianas alcanzan un ancho de tres pies y medio. Cuando las vimos desde la parte posterior de la casa, ambas estaban entornadas, es decir, en ángulo recto con relación a la pared. Es probable que también los policías hayan examinado los fondos del edificio; pero, si así lo hicieron, miraron las *ferrades* en el ángulo indicado, sin darse cuenta de su gran anchura; por lo menos no la tomaron en cuenta. Sin duda, seguros de que por esa parte era imposible toda fuga, se limitaron a un examen muy sumario. Para mí, sin embargo, era claro que si se abría del todo la persiana correspondiente a la ventana situada sobre el lecho, su borde quedaría a unos dos pies de la varilla del pararrayos. También era evidente que, desplegando tanta agilidad como coraje, se podía llegar hasta la ventana trepando por la varilla. Estirándose hasta una distancia de dos pies y medio (ya que suponemos la persiana enteramente abierta), un ladrón habría podido sujetarse firmemente de las tablillas de la celosía. Abandonando entonces su sostén en la varilla, afirmando los pies en la pared y lanzándose vigorosamente hacia adelante habría podido hacer girar la persiana hasta que se cerrara; si suponemos que la ventana estaba abierta en este momento, habría logrado entrar así en la habitación.

Le pido que tenga especialmente en cuenta que me refiero a un insólito grado de vigor, capaz de llevar a cabo una hazaña tan azarosa y difícil. Mi intención consiste en demostrarle, primeramente, que el hecho pudo ser llevado a cabo; pero, en segundo lugar, y *muy especialmente,* insisto en llamar su atención sobre el carácter *extraordinario,* casi sobrenatural, de ese vigor capaz de cosa semejante.

Usando términos judiciales, usted me dirá sin duda que para «redondear mi caso» debería subestimar y no poner de tal modo en evidencia la agilidad que se requiere para dicha proeza. Pero la práctica de los tribunales no es la de la razón. Mi objetivo final es tan sólo la verdad. Y mi propósito inmediato consiste en inducirlo a que yuxtaponga la *insólita agilidad* que he mencionado a esa voz *tan extrañamente aguda* (o áspera) y *desigual,* sobre cuya nacionalidad no pudieron ponerse de acuerdo los testigos y en cuyos acentos no se logró distinguir ningún vocablo articulado.

Al oír estas palabras pasó por mi mente una vaga e informe concepción de lo que quería significar Dupin. Me pareció estar a punto de entender, pero sin llegar a la comprensión, así como a veces nos hallamos a punto de recordar algo que finalmente no se concreta. Pero mi amigo seguía hablando.

—Habrá notado usted —dijo— que he pasado de la cuestión de la salida de la casa a la del modo de entrar en ella. Era mi intención mostrar que ambas cosas se cumplieron en la misma forma y en el mismo lugar. Volvamos ahora al interior del cuarto y examinemos lo que allí aparece. Se ha dicho que los cajones de la cómoda habían sido saqueados, aunque quedaron en ellos numerosas prendas. Esta conclusión es absurda. No pasa de una simple conjetura, bastante tonta por lo demás. ¿Cómo podemos asegurar que las ropas halladas en los cajones no eran las que éstos contenían habitualmente? Madame l'Espanaye y su hija llevaban una vida muy retirada, no veían a nadie, salían raras veces, y pocas ocasiones se les presentaban de cambiar de tocado. Lo que se encontró en los cajones era de tan buena calidad como cualquiera de los efectos que poseían las damas. Si un ladrón se llevó una parte, ¿por qué no tomó lo mejor... por qué no se llevó todo? En una palabra: ¿por qué abandonó cuatro mil francos en oro, para cargarse con un hato de ropa? El oro *fue* abandonado. La suma mencionada por monsieur Mignaud, el banquero, apareció en su casi totalidad en los sacos tirados por el suelo. Le pido, por tanto, que descarte de sus pensamientos la desatinada idea de un *mó-*

vil, nacida en el cerebro de los policías por esa parte del testimonio que se refiere al dinero entregado en la puerta de la casa. Coincidencias diez veces más notables que ésta (la entrega del dinero y el asesinato de sus poseedores tres días más tarde) ocurren a cada hora de nuestras vidas sin que nos preocupemos por ellas. En general, las coincidencias son grandes obstáculos en el camino de esos pensadores que todo lo ignoran de la teoría de las probabilidades, esa teoría a la cual los objetivos más eminentes de la investigación humana deben los más altos ejemplos. En esta instancia, si el oro hubiese sido robado, el hecho de que la suma hubiese sido entregada tres días antes habría constituido algo más que una coincidencia. Antes bien, hubiera corroborado la noción de un móvil. Pero, dadas las verdaderas circunstancias del caso, si hemos de suponer que el oro era el móvil del crimen, tenemos entonces que admitir que su perpetrador era lo bastante indeciso y lo bastante estúpido como para olvidar el oro y el móvil al mismo tiempo.

Teniendo, pues, presentes los puntos sobre los cuales he llamado su atención —la voz singular, la insólita agilidad y la sorprendente falta de móvil en un asesinato tan atroz como éste—, echemos una ojeada a la carnicería en sí. Estamos ante una mujer estrangulada por la presión de unas manos e introducida en el cañón de la chimenea con la cabeza hacia abajo. Los asesinos ordinarios no emplean semejantes métodos. Y mucho menos esconden al asesinado en esa forma. En el hecho de introducir el cadáver en la chimenea admitirá usted que hay algo *excesivamente* inmoderado, algo por completo inconciliable con nuestras nociones sobre los actos humanos, incluso si suponemos que su autor es el más depravado de los hombres. Piense, asimismo, en la fuerza prodigiosa que hizo falta para introducir el cuerpo *hacia arriba,* cuando para hacerlo descender fue necesario el concurso de varias personas.

Volvámonos ahora a las restantes señales que pudo dejar ese maravilloso vigor. En el hogar de la chimenea se hallaron espesos —muy espesos— mechones de cabello humano canoso. Habían sido arrancados de raíz. Bien sabe usted la fuerza que se requiere para arrancar en esa forma veinte o treinta cabellos. Y además vio los mechones en cuestión tan bien como yo. Sus raíces (cosa horrible) mostraban pedazos del cuero cabelludo, prueba evidente de la prodigiosa fuerza ejercida para arrancar quizá medio millón de cabellos de un tirón. La garganta de la anciana señora no solamente estaba cortada, sino que la cabeza había quedado completamente separada del cuerpo; el instrumento era una simple navaja. Lo invito a considerar la *brutal* ferocidad de estas acciones. No diré nada de las contusiones que presentaba el cuerpo de madame L'Espanaye. Monsieur Dumas y su valioso ayudante, monsieur Étienne, han decidido que fueron producidas por un instrumento contundente, y hasta ahí la opinión de dichos caballeros es muy correcta. El instrumento contundente fue evidentemente el pavimento de piedra del patio, sobre el cual cayó la víctima desde la ventana que da sobre la cama. Por simple que sea, esto escapó a la policía por la misma razón que se les escapó el ancho de las persianas: frente a la presencia de clavos se quedaron ciegos ante la posibilidad de que las ventanas hubieran sido abiertas alguna vez.

Si ahora, en adición a estas cosas, ha reflexionado usted adecuadamente sobre el extraño desorden del aposento, hemos llegado al punto de poder combinar las nociones de una asombrosa agilidad, una fuerza sobrehumana, una ferocidad brutal, una carnicería sin motivo, una *grotesquerie* en el horror por completo ajeno a lo humano, y una voz de tono extranjero para los oídos de hombres de distintas nacionalidades y privada de todo silabeo inteligible. ¿Qué resultado obtenemos? ¿Qué impresión he producido en su imaginación?

Al escuchar las preguntas de Dupin sentí que un estremecimiento recorría mi cuerpo.

—Un maníaco es el autor del crimen —dije—. Un loco furioso escapado de alguna *maison de santé* de la vecindad.

—En cierto sentido —dijo Dupin—, su idea no es inaplicable. Pero, aun en sus más salvajes paroxismos, las voces de los locos jamás coinciden con esa extraña voz escuchada en lo alto. Los locos

pertenecen a alguna nación, y, por más incoheren-
tes que sean sus palabras, tienen, sin embargo, la
coherencia del silabeo. Además, el cabello de un
loco no es como el que ahora tengo en la mano.
Arranqué este pequeño mechón de entre los dedos
rígidamente apretados de madame L'Espanaye.
¿Puede decirme qué piensa de ellos?

—¡Dupin... este cabello es absolutamente extraordinario...! ¡No es cabello *humano*! —grité,
trastornado por completo.

—No he dicho que lo fuera —repuso mi amigo—. Pero antes de que resolvamos este punto, le
ruego que mire el bosquejo que he trazado en este
papel. Es un facsímil de lo que en una parte de las
declaraciones de los testigos se describió como
«contusiones, negruzcas, y profundas huellas de
uñas» en la garganta de mademoiselle L'Espanaye,
y en otra (declaración de los señores Dumas y
Étienne) como «una serie de manchas lívidas que,
evidentemente, resultaban de la presión de unos
dedos».

Notará usted —continuó mi amigo, mientras
desplegaba el papel— que este diseño indica una
presión firme y fija. No hay señal alguna de *desli-
zamiento*. Cada dedo mantuvo —probablemente
hasta la muerte de la víctima— su terrible presión
en el sitio donde se hundió primero. Le ruego ahora que trate de colocar todos sus dedos a la vez en
las respectivas impresiones, tal como aparecen en
el dibujo.

Lo intenté sin el menor resultado.

—Quizá no estemos procediendo debidamente —dijo Dupin—. El papel es una superficie plana, mientras que la garganta humana es cilíndrica. He aquí un rodillo de madera, cuya circunferencia es aproximadamente la de una garganta. Envuélvala con el dibujo y repita el experimento.

Así lo hice, pero las dificultades eran aún mayores.

—Esta marca —dije— no es la de una mano humana.

—Lea ahora —replicó Dupin— este pasaje de Cuvier.

Era una minuciosa descripción anatómica y descriptiva del gran orangután leonado de las islas de la India oriental. La gigantesca estatura, la prodigiosa fuerza y agilidad, la terrible ferocidad y las tendencias imitativas de estos mamíferos son bien conocidas. Instantáneamente comprendí todo el horror del asesinato.

—La descripción de los dedos —dije al terminar la lectura— concuerda exactamente con este dibujo. Sólo un orangután, entre todos los animales existentes, es capaz de producir las marcas que aparecen en su diseño. Y el mechón de pelo coincide en un todo con el pelaje de la bestia descrita por Cuvier. De todas maneras, no alcanzo a comprender los detalles de este aterrador misterio. Además, se escucharon *dos* voces que disputaban y una de ellas era, sin duda, la de un francés.

—Cierto. Y recordará usted que, casi unánimemente, los testigos declararon haber oído decir a esa voz las palabras: *Mon Dieu!* Dadas las circunstancias, uno de los testigos (Montani, el confitero) acertó al sostener que la exclamación tenía un tono de reproche o reconvención. Sobre esas dos palabras, pues, he apoyado todas mis esperanzas de una solución total del enigma. Un francés estuvo al tanto del asesinato. Es posible —e incluso muy probable— que fuera inocente de toda participación en el sangriento episodio. El orangután pudo habérsele escapado. Quizá siguió sus huellas hasta la habitación; pero, dadas las terribles circunstancias que se sucedieron, le fue imposible capturarlo otra vez. El animal anda todavía suelto. No continuaré con estas conjeturas —pues no tengo derecho a darles otro nombre—, ya que las sombras de reflexión que le sirven de base poseen apenas suficiente profundidad para ser alcanzadas por mi intelecto, y no pretenderé mostrarlas con claridad a la inteligencia de otra persona. Las llamaremos conjeturas, pues, y nos referiremos a ellas como tales. Si el francés en cuestión es, como lo supongo, inocente de tal atrocidad, este aviso que dejé anoche cuando volvíamos a casa en las oficinas de *Le Monde* (un diario consagrado a cuestiones marítimas y muy leído por los navegantes) lo hará acudir a nuestra casa.

Me alcanzó un papel, donde leí:

CAPTURADO.—*En el Bois de Boulogne, en la mañana del... (la mañana del asesinato), se ha capturado un gran orangután leonado de la especie de Borneo. Su dueño (de quien se sabe que es un marinero perteneciente a un barco maltés) puede reclamarlo, previa identificación satisfactoria y pago de los gastos resultantes de su captura y cuidado. Presentarse al número... calle... Faubourg Saint-Germain... tercer piso.*

—Pero, ¿cómo es posible —pregunté— que sepa usted que el hombre es un marinero y que pertenece a un barco maltés?

—No lo sé —dijo Dupin— y no estoy seguro de ello. Pero he aquí un trocito de cinta que, a juzgar por su forma y su grasienta condición, debió de ser usado para atar el pelo en una de esas largas *queues* de que tan orgullosos se muestran los marineros. Además, el nudo pertenece a esa clase que pocas personas son capaces de hacer, salvo los marinos, y es característico de los malteses. Encontré esta cinta al pie de la varilla del pararrayos. Imposible que perteneciera a una de las víctimas. De todos modos, si me equivoco al deducir de la cinta que el francés era un marinero perteneciente a un barco maltés, no he causado ningún daño al estamparlo en el aviso. Si me equivoco, el hombre pensará que me he confundido por alguna razón que no se tomará el trabajo de averiguar. Pero si estoy en lo cierto, hay mucho de ganado. Conocedor, aunque inocente de los asesinatos, el francés vacilará, como es natural, antes de responder al aviso y reclamar el orangután. He aquí cómo razonará: «Soy inocente y pobre; mi orangután es muy valioso y para un hombre como yo representa una verdadera fortuna. ¿Por qué perderlo a causa de una tonta aprensión? Está ahí, a mi alcance. Lo han encontrado en el Bois de Boulogne, a mucha distancia de la escena del crimen. ¿Cómo podría sospechar alguien que ese animal es el culpable? La policía está desorientada y no ha podido encontrar la más pequeña huella. Si llegaran a seguir la pista del mono, les será imposible probar que supe algo de los crímenes o echarme alguna culpa como testigo de ellos. Además, *soy conocido*. El redactor del aviso me designa como dueño del animal. Ignoro hasta dónde llega su conocimiento. Si renuncio a reclamar algo de tanto valor, que se sabe de mi pertenencia, las sospechas recaerán, por lo menos, sobre el animal. Contestaré al aviso, recobraré el orangután y lo tendré encerrado hasta que no se hable más del asunto.»

En este momento oímos pasos en la escalera.

—Prepare las pistolas —dijo Dupin—, pero no las use ni las exhiba hasta que le haga una seña.

La puerta de entrada de la casa había quedado abierta y el visitante había entrado sin llamar, subiendo algunos peldaños de la escalera. Pero, de pronto, pareció vacilar y lo oímos bajar. Dupin corría ya a la puerta cuando advertimos que volvía a subir. Esta vez no vaciló, sino que, luego de trepar decididamente la escalera, golpeó en nuestra puerta.

—¡Adelante! —dijo Dupin con voz cordial y alegre.

El hombre que entró era, con toda evidencia, un marino, alto, robusto y musculoso, con un semblante en el que cierta expresión audaz no resultaba desagradable. Su rostro, muy atezado, aparecía en gran parte oculto por las patillas y los bigotes. Traía consigo un grueso bastón de roble, pero al parecer ésa era su única arma. Inclinóse torpemente, dándonos las buenas noches en francés; a pesar de un cierto acento suizo de Neufchatel, se veía que era de origen parisiense.

—Siéntese usted, amigo mío —dijo Dupin—. Supongo que viene en busca del orangután Palabra, se lo envidio un poco; es un magnífico animal, que presumo debe de tener gran valor. ¿Qué edad le calcula usted?

El marinero respiró profundamente, con el aire de quien se siente aliviado de un peso intolerable, y contestó con tono reposado:

—No podría decirlo, pero no tiene más de cuatro o cinco años. ¿Lo guarda usted aquí?

—¡Oh, no! Carecemos de lugar adecuado. Está en una caballeriza de la rue Dubourg, cerca de aquí. Podría usted llevárselo mañana por la mañana. Supongo que estará en condiciones de probar su derecho de propiedad.

—Por supuesto que sí, señor.

—Lamentaré separarme de él —dijo Dupin.

—No quisiera que usted se hubiese molestado por nada —declaró el marinero—. Estoy dispuesto a pagar una recompensa por el hallazgo del animal. Una suma razonable, se entiende.

—Pues bien —repuso mi amigo—, eso me parece muy justo. Déjeme pensar: ¿qué le pediré? ¡Ah, ya sé! He aquí cual será mi recompensa: me contará usted todo lo que sabe sobre esos crímenes en la rue Morgue.

Dupin pronunció las últimas palabras en voz muy baja y con gran tranquilidad. Después, con igual calma, fue hacia la puerta, la cerró y guardó la llave en el bolsillo. Sacando luego una pistola, la puso sin la menor prisa sobre la mesa.

El rostro del marinero enrojeció como si un acceso de sofocación se hubiera apoderado de él. Levantándose, aferró su bastón, pero un segundo después se dejó caer de nuevo en el asiento, temblando violentamente y pálido como la muerte. No dijo una palabra. Lo compadecí desde lo más profundo de mi corazón.

—Amigo mío, se está usted alarmando sin necesidad —dijo cordialmente Dupin—. Le aseguro que no tenemos intención de causarle el menor daño. Lejos de nosotros querer perjudicarlo: le doy mi palabra de caballero y de francés. Estoy perfectamente enterado de que es usted inocente de las atrocidades de la rue Morgue. Pero sería inútil negar que, en cierto modo, se halla implicado en ellas. Fundándose en lo que le he dicho, supondrá que poseo medios de información sobre este asunto, medios que le sería imposible imaginar. El caso se plantea de la siguiente manera: usted no ha cometido nada que no debiera haber cometido, nada que lo haga culpable. Ni siquiera se le puede acusar de robo, cosa que pudo llevar a cabo impunemente. No tiene nada que ocultar ni razón para hacerlo. Por otra parte, el honor más elemental lo obliga a confesar todo lo que sabe. Hay un hombre inocente en la cárcel, acusado de un crimen cuyo perpetrador puede usted denunciar.

Mientras Dupin pronunciaba estas palabras, el marinero había recobrado en buena parte su compostura, aunque su aire decidido del comienzo habíase desvanecido por completo.

—¡Dios venga en mi ayuda! —dijo, después de una pausa—. Sí, le diré todo lo que sé sobre este asunto, aunque no espero que crea ni la mitad de lo que voy a contarle... ¡Estaría loco si pensara que van a creerme! Y, sin embargo, *soy* inocente, y lo confesaré todo aunque me cueste la vida.

En sustancia, lo que nos dijo fue lo siguiente: Poco tiempo atrás, había hecho un viaje al archipiélago índico. Un grupo del que formaba parte desembarcó en Borneo y penetró en el interior a fin de hacer una excursión placentera. Entre él y un compañero capturaron al orangután. Como su compañero falleciera, quedó dueño único del animal. Después de considerables dificultades, ocasionadas por la indomable ferocidad de su cautivo durante el viaje de vuelta, logró finalmente encerrarlo en su casa de París, donde, para aislarlo de la incómoda curiosidad de sus vecinos, lo mantenía cuidadosamente recluido, mientras el animal curaba de una herida en la pata que se había hecho con una astilla a bordo del buque. Una vez curado, el marinero estaba dispuesto a venderlo.

Una noche, o más bien una madrugada, en que volvía de una pequeña juerga de marineros, nuestro hombre se encontró con que el orangután había penetrado en su dormitorio, luego de escaparse de la habitación contigua donde su captor había creído tenerlo sólidamente encerrado. Navaja en mano y embadurnado de jabón, habíase sentado frente a un espejo y trataba de afeitarse, tal como, sin duda, había visto hacer a su amo espiándolo por el ojo de la cerradura. Aterrado al ver arma tan peligrosa en manos de un animal que, en su ferocidad, era harto capaz de utilizarla, el marinero se quedó un instante sin saber qué hacer. Por lo regular, lograba contener al animal, aun en sus arrebatos más terribles, con ayuda de un látigo, y pensó acudir otra vez a ese recurso. Pero al verlo, el orangután se lanzó de un salto a la puerta, bajó las escaleras y, desde ellas, saltando por una ventana que desgraciadamente estaba abierta, se dejó caer a la calle.

Desesperado, el francés se precipitó en su seguimiento. Navaja en mano, el mono se detenía para mirar y hacer muecas a su perseguidor, dejándolo acercarse casi hasta su lado. Entonces echaba a correr otra vez. Siguió así la caza durante largo tiempo. Las calles estaban profundamente tranquilas, pues eran casi las tres de la madrugada. Al atravesar el pasaje de los fondos de la rue Morgue, la atención del fugitivo se vio atraída por la luz que salía de la ventana abierta del aposento de madame L'Espanaye, en el cuarto piso de su casa. Precipitándose hacia el edificio, descubrió la varilla del pararrayos, trepó por ella con inconcebible agilidad, aferró la persiana que se hallaba completamente abierta y pegada a la pared, y en esta forma se lanzó hacia adelante hasta caer sobre la cabecera de la cama. Todo esto había ocurrido en menos de un minuto. Al saltar en la habitación, las patas del orangután rechazaron nuevamente la persiana, la cual quedó abierta.

El marinero, a todo esto, se sentía tranquilo y preocupado al mismo tiempo. Renacían sus esperanzas de volver a capturar a la bestia, ya que le sería difícil escapar de la trampa en que acababa de meterse, salvo que bajara otra vez por el pararrayos, ocasión en que sería posible atraparlo. Por otra parte, se sentía ansioso al pensar en lo que podría estar haciendo en la casa. Esta última reflexión indujo al hombre a seguir al fugitivo. Para un marinero no hay dificultad en trepar por una varilla de pararrayos; pero, cuando hubo llegado a la altura de la ventana, que quedaba muy alejada a su izquierda, no pudo seguir adelante; lo más que alcanzó fue a echarse a un lado para observar el interior del aposento. Apenas hubo mirado, estuvo a punto de caer a causa del horror que lo sobrecogió. Fue en ese momento cuando empezaron los espantosos alaridos que arrancaron de su sueño a los vecinos de la rue Morgue. Madame L'Espanaye y su hija, vestidas con sus camisones de dormir, habían estado aparentemente ocupadas en arreglar algunos papeles en la caja fuerte ya mencionada, la cual había sido corrida al centro del cuarto. Hallábase abierta, y a su lado, en el suelo, los papeles que contenía. Las víctimas debían de haber estado sentadas dando la espalda a la ventana, y, a juzgar por el tiempo transcurrido entre la entrada de la bestia y los gritos, parecía probable que en un primer momento no hubieran advertido su presencia. El golpear de la persiana pudo ser atribuido por ellas al viento.

En el momento en que el marinero miró hacia el interior del cuarto, el gigantesco animal había aferrado a madame L'Espanaye por el cabello (que la dama tenía suelto, como si se hubiera estado peinando) y agitaba la navaja cerca de su cara imitando los movimientos de un barbero. La hija yacía postrada e inmóvil, víctima de un desmayo. Los gritos y los esfuerzos de la anciana señora, durante los cuales le fueron arrancados los mechones de la cabeza, tuvieron por efecto convertir los propósitos probablemente pacíficos del orangután en otros llenos de furor. Con un solo golpe de su musculoso brazo separó casi completamente la cabeza del cuerpo de la víctima. La vista de la sangre transformó su cólera en frenesí. Rechinando los dientes y echando fuego por los ojos, saltó sobre el cuerpo de la joven y, hundiéndole las terribles garras en la garganta, las mantuvo así hasta que hubo expirado. Las furiosas miradas de la bestia cayeron entonces sobre la cabecera del lecho, sobre el cual el rostro de su amo, paralizado por el horror, alcanzaba apenas a divisarse. La furia del orangután, que, sin duda, no olvidaba el temido látigo, se cambió instantáneamente en miedo. Seguro de haber merecido un castigo, pareció deseoso de ocultar sus sangrientas acciones, y se lanzó por el cuarto lleno de nerviosa agitación, echando abajo y rompiendo los muebles a cada salto y arrancando el lecho de su bastidor. Finalmente se apoderó del cadáver de mademoiselle L'Espanaye y lo metió en el cañón de la chimenea, tal como fue encontrado luego; tomó luego el de la anciana y lo tiró de cabeza por la ventana.

En momentos en que el mono se acercaba a la ventana con su mutilada carga, el marinero se echó aterrorizado hacia atrás y, deslizándose sin precaución alguna hasta el suelo, corrió inmediatamente a su casa, temeroso de las consecuencias de semejante atrocidad y olvidando en su terror toda preocupación por la suerte del orangután. Las pa-

Los crímenes de la calle Morgue figura en la recopilación de cuentos de Edgar Allan Poe publicada en la colección «El Libro de Bolsillo» de Alianza Editorial con los números 277 y 278.

Otras obras del autor en Alianza Editorial:

Cuentos (LB 277 y 278)
Narración de Arthur Gordon Pym (LB 341)
Eureka (LB 384)
Ensayos y críticas (LB 464)